종활 노트

이 노트는 나이에 관계없이 자신과 가족, 그리고 친한 사람들을 위해 쓰는 노트입니다. 살아있는 동안 사랑하는 가족들에게 못다 한 이야기와 남기고 싶은 메시지, 자신의 자산, 부채, 은행, 보험서류 등의 존재를 기록해놓으세요.

치매나 불치의 병으로 의식을 잃었을 때 간병, 말기치료방법, 존엄사 등에 대한 자신의 생각을 미리 밝혀둠으로써 스스로 품위 있는 삶의 마감을 선택할 수 있고, 또한 갑작스런 사고로 죽음을 맞았을 때 장례방법, 재산상속, 사후처리 등 여러 가지 자신의 생각을 미리 정리하고 기록해둠으로써 남겨진 가족들이 혼란을 겪지 않도록 하는 데 이 노트가 많은 도움이 될 것입니다.

이 노트에서 제시하는 모든 항목을 다 적을 필요는 없습니다. 오히려 간병이나 장례의 방법 등은 후손들의 몫이라 여기는 사람도 많습니다. 먼저 민폐를 끼치고 싶지 않고, 좋은 내 뜻과 또 다를 수 있는 가족들의 의견도 잘 살펴보고 '이건 꼭 필요하다.' 하는 항목부터 하나씩 기록하세요. 시간이 지난 후 천천히 다시 살펴보고 수정도 하세요.

※ 이 노트는 공증을 거친 유언장 같은 법적 효력은 없습니다. 여기에는 중요한 나와 가족, 친지, 친구들의 정보가 담겨 있으므로 보관에 세심한 주의를 기울이세요.

KB027560

이 노트가 왜 꼭 필요한지 체크해보세요.

만약 사고나 질병 등으로 갑자기 의식을 잃었을 때, 주변 사람들이 당신에 대해 아무것도 모르고 있다면 그것처럼 곤란한 일도 없을 것입니다. 당신은 아래 항목 중 어떤 준비가 되어있습니까?

보호자, 비상연락처는 있습니까?	☐ 예 ☐ 아니오 →	5p
다니던 병원, 혹은 주치의가 있습니까?	☐ 예 ☐ 아니오 →	20p
보호자가 당신의 혈액형이나 지병, 복용약을 알고 있습니까?	☐ 예 ☐ 아니오 →	4p
생명보험에 가입되어 있습니까?	☐ 예 ☐ 아니오 →	9p
병원비가 필요할 때 보호자가 현금이나 통장을 찾을 수 있습니까?	☐ 예 ☐ 아니오 →	4p
회복 가망이 없을 때 연명치료를 받겠습니까?	☐ 예 ☐ 아니오 →	22p
당신을 간호하고 사후 유산 처리 등을 맡길 사람이 있습니까?	☐ 예 ☐ 아니오 →	23p
성년후견인 제도를 알고 있습니까?	☐ 예 ☐ 아니오 →	23p
유산상속에 대한 특별한 의견이 있습니까?	☐ 예 ☐ 아니오 →	15p
유언장을 작성해놓았습니까?	☐ 예 ☐ 아니오 →	16p
대출이나 할부금, 받을 돈이 남아 있습니까?	☐ 예 ☐ 아니오 →	8p
신용카드는 몇 개를 가지고 있습니까?	_____ 장 →	7p
전화, PC데이터, 온라인 계정 처리에 대해 생각해보았습니까?	☐ 예 ☐ 아니오 →	13p
기르고 있는 반려동물이 있습니까?	☐ 예 ☐ 아니오 →	19p
장례식을 어떻게 치르고 싶습니까?	☐ 기독교 ☐ 불교 ☐ 천주교 ☐ 전통 ☐ 기타 →	25p
매장, 화장, 수목장, 산골(散骨) 등 원하는 방법이 있습니까?	☐ 예 ☐ 아니오 →	26p
준비된 묘소 혹은 납골당이 있습니까?	☐ 예 ☐ 아니오 →	26p
이 노트를 맡기고 부탁할 사람이 있습니까?	☐ 예 ☐ 아니오 →	5p

멋진 밤이라 찬양하지 마라

하루가 저무는 것에 노여워하라

분노하고 분노하라 사라져가는 빛에 대하여

태양을 찬양하지 마라

유성처럼 찬란하고 화려했다 하더라도

자신의 노후 어둠은 당연하다고 속이지 마라

아버지 슬픔 가득한 곳에 서 있는 당신

격한 눈물로 지금 나를 저주하기를

분노하고 분노하라 사라져가는 빛에 대하여

Do not go gentle into that good night

Rage, rage against the dying of the light

나에 대한 기초 정보

이름 :	한자 :	영문 :

전화 :	생년월일 :

주민등록번호 :	혈액형 :

주소 :	종교 :

본관 : _____ 씨 _____ 파 _____ 손

현재 혹은 마지막 직장 :

직장이름	소재지 :	
퇴직년도	전화 :	기타 :

현금이나 카드보관 장소 _____ 비밀번호:

비상계좌를 하나 만들어두세요.

건강보험증번호 :

노인장기요양보험증번호 :

운전면허증번호 :

기초연금번호 :

기타 연금 :

여권번호 :

기타 :

비상 연락처	전화번호	관계
이름 :		
이름 :		
이름 :		
이름 :		

나의 가족

나의 직계존비속은 아래와 같습니다. 나에게 위급한 상황이 닥치면 이 사람들에게 제일 먼저 연락해주세요.

이름 :	관계 :	생년월일 :
주소 :		전화 :
학교 혹은 직장 :		전화 :
기타 (이메일 등) :		

이름 :	관계 :	생년월일 :
주소 :		전화 :
학교 혹은 직장 :		전화 :
기타 (이메일 등) :		

이름 :	관계 :	생년월일 :
주소 :		전화 :
학교 혹은 직장 :		전화 :
기타 (이메일 등) :		

이름 :	관계 :	생년월일 :
주소 :		전화 :
학교 혹은 직장 :		전화 :
기타 (이메일 등) :		

※ 비상 시, 위 사람들이 이 노트가 보관된 위치를 알 수 있도록 미리 알려주세요.

재산 상황

내가 가진 토지 및 건물과 재산은 아래와 같습니다.

부동산 (토지/건물)

주소	지번	건물 호수

주식/공사채

회사명	예탁기관	주식수	액면가

예금/적금

은행명	통장종류	계좌번호 (예금주)	만기, 잔액 (카드유무)

기타 자산 (귀금속/예술품/그 외 고가의 유품)

품명	수량	구입일 및 사연	구입처	시가

빌려준 돈

채무자	연락처	원금	잔금	상환일

※ 통장, 증권서류, 보안카드, 인감 등의 위치 및 아이디, 비밀번호는 여기에 적지 말고 가족 누군가에게 알려주세요.

부채 상황

차입금/할부금

채권자	연락처	원금	잔금	월상환액 / 상환일

보증채무(보증인)

채권자	연락처	채무의 내용

기타 재산 또는 부채

품명	수량	가격	비고

보험/연금

종류	생명보험	연금보험	손해보험
보험명			
보험회사명			
증권번호			
연락처			
계약자명			
피보험자명			
보험금수취인			
만기연월일			
보험료 지불방법			
만기일			
보험금액			
월수령액			
만기지급금			
참고			

기타 보험

나의 자동이체 내역

통장에서 매월 자동이체 되는 내역들입니다. 해지해주세요.

종류	출금일	금액	출금통장, 카드 이름
휴대폰			
유선전화			
인터넷			
전기			
수도			
가스			
신문			
기부금			
할부금			
( )			
( )			
( )			
( )			

나의 학력, 이력서

내가 다닌 학교와 직장, 자격증과 면허증, 포상 등을 아래에 적습니다.
연금 수령을 위한 절차 진행이나 장례 행사를 위해 참고해주세요.

학 력				
년	월	학교 명	졸업년도	연락가능자 및 연락처
		초등학교 입학		
		중학교 입학		
		고등학교 입학		
		대학교 입학		
		대학원 입학		

직 장 이 력			
입사년	퇴사년	근무처	연락가능자 및 연락처

자 격 증			
년	월	자격증명 및 현재 상태	발급처

나의 취미, 음식

취미	
운동	
즐겼던 음식	
책	
음악	
영화	
즐겨 찾던 식당	
술집	
카페	
정치적 성향	
역사적 존경인물	
싫어했던 것	
나의 금언	
( )	
( )	
( )	
( )	
( )	
( )	
기 타	

디지털 / 휴대전화, PC, 온라인 계정 처리에 대하여

내가 사용하던 휴대전화, PC, 온라인 계정을 다음과 같이 처리해주세요.

휴대폰

저장된 전화번호	☐ 지운다 ☐ 지우지 않는다
저장된 데이터 (이메일, 카톡, 사진이나 글 등)	☐ 지운다 ☐ 지우지 않는다
휴대폰 자체를 완전히(물리적으로) 파쇄	☐ 예 ☐ 아니오

컴퓨터

물려줄 추억 사진, 자료를 모아놓은 폴더 위치와 이름

나머지 문서나 사진 등 각종 데이터는	☐ 전부 포맷 ☐ 알아서 처리
하드디스크 자체를 완전히(물리적으로) 파쇄	☐ 예 ☐ 아니오

인터넷 온라인 계정

내가 사용하던 SNS나 온라인 계정은 아래와 같습니다.
[처리방법 – ●: 즉시 폐쇄, ○: 일정 기간 추모 후 폐쇄, ▼: 각 업체 규정에 따름]

사이트	아이디	비밀번호	처리방법

아날로그 / 일기 등 그외 유품 처리에 대하여

오랜 일기장, 편지, 다이어리, 원서, 서류, 개인사진 등

☐ 알아서 처리

☐ 보지 말고 모두 소각

☐ 그 외 각각 처리방법에 대하여

그 외 사사로운 유품에 대한 나의 생각

자동차, 가구, 전자제품, 시계 등 악세사리, 상패, 수집품, 의류, 기타 소지품

(   )   ☐ 폐기 ☐ 기부 (기부처:) ☐ _____에게

(   )   ☐ 폐기 ☐ 기부 (기부처:) ☐ _____에게

(   )   ☐ 폐기 ☐ 기부 (기부처:) ☐ _____에게

(   )   ☐ 폐기 ☐ 기부 (기부처:) ☐ _____에게

(   )   ☐ 폐기 ☐ 기부 (기부처:) ☐ _____에게

(   )   ☐ 폐기 ☐ 기부 (기부처:) ☐ _____에게

상속에 대하여

상속이란 특정인의 재산에 관한 권리와 의무를 상속인에게 포괄적으로 승계하는 것을 말합니다. 상속인은 배우자나 일정 범위 내에 있는 친족으로 결정되는 것이 일반적이나 피상속인의 의사에 따라 제3자가 상속인이 될 수도 있습니다.

상속대상

토지나 건물 등의 부동산과 현금 예금 적금 연금 보험 채권 주식 등의 금융자산, 귀금속 예술품 고가의 내구성소비재 등의 동산, 지적재산권 특허권 등의 무체재산권, 차입금 할부금 보증채무 등 부채도 모두 상속대상에 포함됩니다.

법정상속인과 상속순위

제1순위 : 직계비속 즉, 배우자 및 자녀와 손자. 이 경우 자연혈족(친자식), 법정혈족(양자), 혼인 중의 출생자, 혼인 외의 출생자, 남녀를 구별하지 않으며, 태아는 이미 출생한 것으로 간주합니다.

제2순위 : 직계존속 즉, 부모와 조부모 등. 직계존속은 부계(친가), 모계(외가), 양가, 생가를 구별하지 않으며, 양자인 경우 친생부모와 양부모는 모두 같은 순위입니다.

제3순위 : 형제자매.

제4순위 : 4촌 이내의 방계혈족.

※ 같은 순위의 상속인이 여러 명일 때에는 촌수가 가까운 사람이 선순위가 되고, 같은 촌수가 여러 명인 경우에는 공동으로 상속하게 됩니다.

※ (혼인신고 된) 배우자는 피상속인의 직계비속뿐만 아니라 직계존속과도 같은 순위입니다. 직계비속과 직계존속이 모두 없을 경우에 단독 상속인이 됩니다.

상속의 형태

1. 단순승인 : 부채를 포함한 모든 재산을 상속하는 것을 말합니다. 이때 부채의 총액이 재산의 총액보다 높으면 상속인이 이것을 변재해야 합니다.

2. 한정승인 : 상속을 받되 채무는 재산 범위 내에서만 상속받는 것을 말합니다. 즉, 재산을 상속받되, 상속재산의 한도 내에서 채무를 책임지겠다는 의사표시입니다. 한정승인은 상속개시가 있음을 안 날로부터 3개월 안에 가정법원에 청구해야 합니다. 보통 사망일을 기준으로 합니다.

3. 상속포기 : 부채를 포함한 일체의 재산을 상속하지 않겠다는 것을 말합니다. 보통 부채가 재산보다 많을 때 상속포기를 하는데 한정승인과 마찬가지로 상속개시가 있음을 안 날로부터 3개월 안에 가정법원에 청구해야 합니다. 또 여러 명의 상속인 중 일부만 상속을 포기하면 나머지 상속인들은 자신의 지분에 따라 부채 변재의 의무를 지게 됩니다. 보통은 모든 상속인이 상속포기를 하는 것이 일반적입니다.

유언장 쓰기

법적 효력이 인정되는 유언은 ① 자필증서유언 ② 녹음유언 ③ 공정증서유언 ④ 구수증서유언 ⑤ 비밀증서유언 이렇게 다섯 가지가 있습니다. 이외에 대리인에 의한 유언은 효력이 없습니다.

유언방식별 유언요령
1. 자필증서유언 : 가장 많이 이용되는 유언방식으로 증인과 공증이 필요하지 않습니다. 반드시 자필로 작성해야 하며, 첨삭, 변경 시에는 변경된 곳에 날인(지장 무방)해야 합니다. 작성연월일과 성명, 주소를 기록한 후 날인(지장 무방)하면 됩니다. 법원의 승인을 얻어 컴퓨터로 유언장을 작성한 경우에도 날짜와 성명은 자필로 써야 하며, 반드시 날인해야 합니다. 단 유언의 내용이 명확하지 않을 경우 분쟁의 소지가 있으므로 전문가의 도움을 받는 것이 좋습니다.
2. 녹음유언 : 유언자가 녹음기에 대고 직접 유언내용과 성명, 녹음 연월일을 구술하면 됩니다. 또한 증인은 유언자의 녹음에 이어서 자신의 성명과 유언이 정확하다는 점을 직접 녹음하면 됩니다. 이때 증인은 1인 이상이어야 하고, 증인의 녹음이 없으면 법적 효력이 없습니다. 또한 미성년자, 금치산자, 한정치산자, 상속인 등은 녹음유언의 증인이 될 수 없습니다.
3. 공정증서유언 : 공증인이 유언을 기록하는 방식입니다. 2인 이상의 증인이 입회한 후 유언을 구술하면 공증인이 받아 적으면 됩니다. 공증인은 받아 적은 내용을 유언자와 증인에게 읽어주어야 하며, 유언자와 증인, 공증인이 유언 내용을 확인한 후 유언자와 증인이 각각 기명날인 하면 됩니다. 마찬가지로 미성년자, 금치산자, 한정치산자, 상속인 등은 공정증서유언의 증인이 될 수 없습니다.
4. 구수증서유언 : 질병이나 기타 사유로 인하여 다른 방식으로 유언이 불가능한 긴박한 경우에만 할 수 있는 유언방식입니다. 또한 다른 방식의 유언이 가능할 경우에는 구수증서유언은 효력을 잃게 됩니다. 2인 이상의 증인이 참석한 가운데 증인 중 1인이 유언 내용을 받아 적습니다. 기록한 유언 내용을 유언자와 다른 증인에게 읽어준 후 내용이 정확함을 승인하고 각각 기명날인 하면 됩니다. 증인이나 상속인은 구수증서유언이 작성되면 7일 이내에 법원에 검인을 신청해야 합니다. 마찬가지로 미성년자, 금치산자, 한정치산자, 상속인 등은 구수증서유언의 증인이 될 수 없습니다.
5. 비밀증서유언 : 2인 이상의 증인이 참석한 가운데 유언자는 유언 내용과 자신의 성명, 작성연월일, 주소를 자필로 작성해서 기명날인해야 하고, 봉투에 넣어서 밀봉합니다. 밀봉한 봉투표면에 유언자가 기명날인 하고, 증인들에게 자신의 유언서임을 표시해야 합니다. 그런 다음 유언자가 밀봉서 표면에 작성 및 제출 연월일을 기재하고, 유언자와 증인이 각각 기명날인 하면 됩니다. 또한 5일 이내에 공증인에게 제출하여 밀봉서에 확정일자를 받으면 됩니다. 마찬가지로 미성년자, 금치산자, 한정치산자, 상속인 등은 비밀증서유언의 증인이 될 수 없습니다.

유언장

나는 유언장을 작성하였다.   □ 예 □ 아니오

유언장의 종류는   □ 자필증서유언 □ 공정증서유언 □ 비밀증서유언

유언장을 작성하였다면

유언장 작성일 _____

유언장 보관 장소 _____

관계자 _____

종류	성명	전화	회사명 / 주소
변호사			
공증인			
세무사			
유언집행인			
( )			
( )			
( )			
( )			
기 타			

※ 대한법률구조공단에서 유언 및 상속과 관련한 무료법률 상담을 받을 수 있습니다. 상담전화 국번 없이 132 / 홈페이지 www.klac.or.kr

※ 안전과 확실성을 원하는 경우에는 공정증서유언 작성을 권장합니다.

자필증서 유언장 예시

※ 자필증서유언은 반드시 자필로 작성해야 법적 효력이 있습니다. 아래
형식을 참고해서 백지에 자필로 작성하세요.

유언장

유언자 ○○○은 다음과 같이 유언한다.

상속

1. 처 ○○○에게 다음의 재산을 상속한다.
   1) 부동산 : 서울시 종로구 동숭길 ○○
   2) 위 토지 지상 연와조 슬라브지붕 주택 1동 건평 ○○○㎡
   3) 위 주택 내에 있는 가재도구 및 일체의 동산

2. 장남 ○○○을 가업의 후계자로 지정하여 경영권 및 해당되는 일체의 재산을 상속
한다.

3. 장녀 ○○○에게 다음의 재산을 상속한다.
   1) ○○은행 ○○동 지점에 있는 예금과 적금 전부
   2) ○○은행 본점 대여금고에 보관 중인 국채 전부

기타

이 외에 경기도 고양시 덕양구 ○○에 있는 토지는 ○○○○○재단에 기부한다.

이 유언의 유언집행자로서 유언자의 동생 ○○○을 지정한다.

작성일: _____ 년 ___ 월 ___ 일

유언자 _____ / 서명(인) _____

주민등록번호 _____

주소 _____

반려동물에 대한 부탁

(년) 을 함께 한 소중한 내 친구입니다.
나를 대하듯 아껴주셨으면 합니다.

이름:		종류 :
성별 :	연령:	건강상태 :
사료	중성수술 유무	혈통서 유무
전염병 혹은 질병 내력:		
특징:		
버릇:		
단골병원 이름과 연락처 :		담당의:

내가 위급한 상황에 닥쳤을 때 다음과 같이 해주세요.

	이름/연락처	이름/연락처	이름/연락처
입양 희망자			
양육비용			
위탁 의뢰인			

위 반려동물이 죽으면 다음과 같이 해주세요.

☐ 준비되어 있는 무덤에 묻어주세요

☐ 내가 살던 정원에 뼈의 일부를 묻어주세요

☐ 법이 정한 절차에 따라주세요

☐ 기타 _____

내 병에 대해

병력(예전에 앓았던 병의 내력)

병명	발병일	담당병원	주치의	복용약

지병(지금 앓고 있는 병)

병명	발병일	담당병원	주치의	복용약

집안의 유전적 병력에 대하여
그리고 치료 및 극복 방법에 대한 팁

※ 의료비 명세서를 보관해두세요. 의료사고 등으로 필요할 수도 있습니다.

간병과 관련하여

해당 항목에 체크하세요

당신을 간병할 사람이 있습니까?   □ 있다   □ 없다
그에게 양해를 얻었습니까?   □ 예   □ 아니오

    이름 _____   관계 _____   연락처 _____
    이름 _____   관계 _____   연락처 _____

간병을 어디서 받겠습니까?
  자택 □ (가족과 미리 상의하세요)
  요양시설 : □ 유료요양원   □ 실버타운   □ 고령자 전용 임대주택   □기타

시설의 선택은 누가 합니까?
□ 미리 준비해 두었음 (시설이름: _____   연락처 : _____)
□ 가족이 알아서
□ 기타 _____

간병에는 비용이 소요됩니다. 준비하고 있습니까?   □ 예   □ 아니오
어떤 준비를 하고 있습니까?   □ 현금   □ 보험   □ 예금   □ 기타

※ 노인장기요양보험 : 고령이나 노인성 질병 등의 사유로 일상생활을 혼자서 수행하기 어려
운 노인들에게 신체활동 또는 가사활동 지원 등의 장기요양급여를 제공하여 노후의 건강
증진 및 생활안정을 도모하고 그 가족의 부담을 덜어줌으로써 국민의 삶의 질을 향상하도
록 함을 목적으로 시행하는 사회보험제도입니다.

시한부 말기 의료에 대한 생각

만일 내가 치료불능, 시한부 선고를 받았을 경우 다음과 같이 부탁합니다.

나에게 고지 유무

☐ 병명과 남은 수명 모두 고지해주세요

☐ 병명만 고지해주세요

☐ 병명도 남은 수명도 알리지 말아주세요

완화치료에 대해

완화치료 :　☐ 희망　☐ 희망하지 않음

호스피스병동 입소 :　☐ 희망　☐ 희망하지 않음

존엄사에 대해

연명치료 :　☐ 희망　☐ 희망하지 않음 (24, 33쪽 참조)

사전연명의료의향서 :　☐ 썼음　☐ 쓰지 않았음 (24, 33쪽 참조)

장기기증에 대해 (35쪽 참조)

☐ 장기기증 원함　☐ 시신기증 원함　☐ 둘 다 원치 않음

가족이 없거나, 미성년인 경우

판단력을 상실했을 때: 내가 병, 외상, 치매 등의 발병에 의해 판단 능력이 불충분하게 되거나, 판단능력을 잃었을 때, 혹은 스스로의 의사를 표명할 수 없으며 계약에 대해 정당하게 대응할 수 없게 된 경우

- 입원 수속을 할 때
- 입원 후 의료 행위에 대한 판단이 필요할 때
- 노인장기요양보험을 이용할 때
- 용변 등 일상의 일을 스스로 할 수 없게 되었을 때
- 시설에 입소할 때
- 금전을 관리할 때
- 자산의 관리 및 처분을 할 때
- 유산을 분할할 때
- 소송절차가 필요할 때
- 말기 치료를 선택할 때
- 완화치료를 원할 때
- 존엄사를 원할 때 / 기타

에는 나의 성년후견인 또는 대리인에게 연락하세요

나는 나의 생각 및 행위를 대리하기 위해

_____ 씨 (전화 _____)와

　　　　　　　　　 □ 성년후견인 계약　 □ 대리인 계약　 을 맺고 있습니다.

※ 성년후견인제도란 질병이나 노령, 정신적 장애 등으로 자신의 재산을 정상적으로 관리할 수 없을 때 후견인을 선임하여 그가 대신 재산을 관리해줌으로써 본인의 노후와 복리를 증진하는 것에 목적이 있습니다. 이 제도는 기존에는 금치산자, 한정치산자로 잘 알려져 있었지만 금치산자, 한정치산자가 폐지되면서 2013년부터 성년후견인제도로 새롭게 시행되고 있습니다. 통상은 부모님의 병원비로 사용할 목적으로 부모님의 재산을 처분하거나 또는 일부 자녀가 부모님의 재산을 무단으로 처분하는 것을 방지하기 위해서 성년후견인 제도가 사용됩니다.

연명의료결정제도

우리나라는 2018년 2월 4일부터 '연명의료결정제도'를 시행하고 있습니다. 따라서 존엄사를 선택하고 싶다면 '사전연명의료의향서'와 '연명의료계획서'를 미리 작성해두어 연명의료에 관한 본인의 의사를 남길 수 있습니다.

1. 사전연명의료의향서 : 19세 이상이면 건강한 사람도 누구나 작성할 수 있습니다. 하지만 법적 효력을 갖기 위해서는 작성한 의향서를 보건복지부가 지정한 '사전연명의료의향서 등록기관'에 보관해두어야 합니다.

2. 연명의료계획서 : 의료기관윤리위원회가 설치되어 있는 의료기관에서 말기환자나 임종과정에 있는 환자를 대상으로 담당의사가 작성하는 서식입니다. 이 계획서는 작성하는 것 자체로 법적 효력을 갖습니다.

물론 이 두 문서는 본인의 의사에 따라 언제든지 변경 또는 철회할 수 있습니다.

	사전연명의료의향서	연명의료계획서
대상	19세 이상의 성인	말기환자 또는 임종과정에 있는 환자
작성	본인이 직접	환자의 요청에 의해 담당의사가 작성
설명의무	상담사	담당의사
등록	보건복지부 지정 사전연명의료의향서 등록기관	의료기관윤리위원회를 등록한 의료기관

※ 사전연명의료의향서와 연명의료계획서는 국립연명의료관리기관 홈페이지 www.lst.go.kr 에서 다운받을 수 있고, 보건복지부 지정 등록기관과 의료기관에서 찾을 수 있습니다.
※ 사전연명의료의향서, 작은장례실천서약서, 장기기증희망서약서 예시는 이 책 34쪽 이후를 참조하세요.

장례식에 대하여

장례 준비

□ 상조회사   □ 교회, 절, 성당, 회사 등   □ 가족들이 상의해서
□ _____ 의 결정에 따를 것 (이하 동문)

장례 방식

□ 가족들이 상의해서   □ 기독교   □ 불교식   □ 천주교식   □ 전통방식
□ 작은 장례   □ 회사장   □ 기타 _____

수의에 대하여

□ 미리 준비해둔 수의   □ 평상시 입던 옷   □ 가족들이 상의해서

조의금에 대하여

□ 받지 않음   □ 받아서 장례비용으로 충당
□ 받아서 기부   □ 가족들이 상의해서   □ 기타 _____

시신 처리에 대하여

□ 매장   □ 화장   □ 가족들이 상의해서   □ 장기기증 등

안치 방법에 대하여

매장의 경우 : □ 선산 □ 가족들이 알아서

　　　　　　　□ 준비해둔 묘가 있음 (위치: _____ 연락처: _____)

화장의 경우 : □ 납골당(유리장) □ 납골묘 □ 수목장 □ 매장의 경우 중 한곳에

　　　　　　　□ 가족들이 알아서 □ 안치 말고 (산, 강, 바다, 기타)에 산골

장례비용에 대하여

□ 준비해둔 비용 :　　현금 _____ 예금 _____ 적금 _____

□ 보험 :　　보험사명 _____ 담당자명 _____ 연락처 _____

□ 상조회사 : 상조회사명 _____ 담당자명 _____ 연락처 _____

□ 가족들이 상의해서

기타 의견

장례 때 대표로 연락할 사람들

※ 아래 사람들에게 대표적으로 연락하여 주위 친지들께 대신 전달 부탁
드리세요.

대표로 연락할 친척

이름	관계	전화

대표로 연락할 직장, 친구, 지인

이름	관계	전화

대표로 연락할 종교단체, 사회단체, 동창회, 동호회

이름	관계	전화

※ 모임 탈퇴 수속을 대신 해주세요.

장례식 신문부고를 부탁할 분

이름	관계	전화

기타 장례식 의식 부탁

....

....

....

....

이 사진을 영정사진으로 써주세요.

나는 가족들에게

예) 좋은 아버지, 엄마로

기억되기를 바랍니다.

그리고 다음에 대해서 부탁합니다.

유품, 유산 기증, 집, 회사상속에 대해서, 믿음(종교)에 대해서, 남겨진 어머니(또는 아버지)에 대한 부탁, 가훈과 형제들 간에 대한 부탁, 특히 집안 제사에 관한 의견 (□ 지금까지 관례에 따라   □ 간소화   □ 나부터 지내지 말 것 등)

_____ 에게

_____ 에게

사전연명의료의향서

※ 색상이 어두운 부분은 작성하지 않으며, □에는 해당되는 곳에 ∨표시를 합니다.

등록번호		※ 등록번호는 등록기관에서 부여	
작성자	성 명	주민등록번호	
	주 소:	전화번호	
연명의료중단 등 결정 (항목별로 선택)	□ 심폐소생술	□ 인공호흡기 착용	
	□ 혈액투석	□ 항암제 투여	
호스피스 이용 계획	□ 이용 의향이 있음	□ 이용 의향이 없음	
사전연명의료 의향서 등록기관의 설명사항 확인	설명사항	□ 연명의료의 시행방법 및 연명의료중단 등 결정에 대한 사항 □ 호스피스의 선택 및 이용에 관한 사항 □ 사전연명의료의향서의 효력 및 효력 상실에 관한 사항 □ 사전연명의료의향서의 작성·등록·보관 및 통보에 관한 사항 □ 사전연명의료의향서의 변경·철회 및 그에 따른 조치에 관한 사항 □ 등록기관의 폐업·휴업 및 지정 취소에 따른 기록의 이관에 관한 사항	
	확인	년 월 일 성명 _____ (서명 또는 인)	
환자 사망 전 열람허용 여부	□ 열람 가능	□ 열람 거부	□ 그 밖의 의견
사전연명의료 의향서 보관방법			
사전연명의료 의향서 등록기관 및 상담자	기관 명칭	소재지	
	상담자 성명	전화번호	

본인은 「호스피스·완화의료 및 임종과정에 있는 환자의 연명의료결정에 관한 법률」 제12조 및 같은 법 시행규칙 제8조에 따라 위와 같은 내용을 직접 작성하였습니다.

작성일: 년 월 일 / 작성자 _____ (서명 또는 인)

등록일: 년 월 일 / 등록자 _____ (서명 또는 인)

사전연명의료의향서와 연명의료계획서는 국립연명의료관리기관 홈페이지(www.lst.go.kr)에서 다운받을 수 있고, 보건복지부 지정 등록기관과 의료기관에서 찾을 수 있습니다.

작은 장례 실천 서약서

나에게 사망진단이 내려진 후 나를 위한 여러 장례의식과 절차가 내가 바라는 형식대로 치러지기를 원해 나의 뜻을 알리고자 이 서약서를 작성합니다. 나를 위한 여러 장례의식과 절차를 아래와 같이 해주기 바랍니다.

수의
- 평소에 즐겨 입던 옷으로 대신해주기 바랍니다. (   )
- 검소한 수의를 선택하여 주기를 바랍니다. (   )

관
- 종이관을 선택해주시기 바랍니다. (   )
- 소박한 관을 선택해주기를 바랍니다. (   )

음식대접
- 간단한 다과를 정성스럽게 대접해주기를 바랍니다. (   )
- 음식 등을 잘 대접해주기 바랍니다. (   )

시신처리
- 화장해주기를 바랍니다. (   )
   · 인공 봉안시설 : 봉안(납골)당, 기타 (   )
   · 자연장 (   )
- 내가 이미 약정한대로 기증하기를 바랍니다. (   )
- 매장해주기를 바랍니다. (   )

기타 의견 (부고, 부조금, 장례기간, 염습, 장례식 등)

_____

_____

_____

_____

_____ 년 ___ 월 ___ 일   실천서약자 성명 _____ / 서명 _____

생년월일 _____ / 연락처 _____

주소 _____

장기기증희망서약서

성 명		주민등록번호		−
주 소				
혈 액 형	(Rh ＋ / −)	E-Mail		
전화번호 (휴대폰)		기타전화		
신 장	cm	체 중		kg
직 업		결혼여부	□미혼	□기혼
학 력		종 교		
기증 희망 동기	□TV □라디오 □신문 □잡지 □늘봄 종활노트 □헌혈을 계기로 □인터넷 □주위의 권유 □기타			

기증형태	□뇌사 시 기증하겠습니다.(신장 간장 췌장 심장 폐 각막) □사망 시 기증하겠습니다.(각막만 기증이 가능합니다.) □뇌사 또는 사망 시 모두 기증하겠습니다.

본인은 심사숙고 끝에 생명을 나눈다는 숭고한 사랑의 정신을 바탕으로 뇌사 또는 사후에 본인 신체의 일부를 고통 받는 이웃을 위해 나누고자 하며, 이 사실을 나의 가족에게 알려 훗날 이 서약이 지켜지도록 하겠습니다.

20____년 ____월 ____일

이 름: _____ 서명: _____

등 록 기 관: _____

종활 노트

지은이 / 조은경
펴낸곳 / 늘봄

등록번호 / 제300-1996-106호 1996년 8월 8일
주소 / 서울시 종로구 동숭4길 9 (동숭동 19-2)
전화 / 02)743-7784
팩스 / 02)743-7078

초판발행 / 2018년 6월 20일

ISBN 978-89-6555-071-6 03800